Coniferous forest

針葉樹林

石松佳

思潮社

針葉樹林

石松 佳

思潮社

装幀＝佐野裕哉

針葉樹林

筆談、そして鏡の中が偶然水曜日だったような顔をしながらある日、手を伸ばしてみたら「、あ」と不意に声が漏れた。電話帳があいうえお順だから、並ぶひとがいて、波の細やかな起伏がずっと遠いところまで続いている。整列。抜けるような胸の白さ、そこを透過して、夜、初夏の水田に一陣の風が吹きとおる。いつだったか、fとビル街の真中にあるカフェのテラス席で食事をしたとき、われわれのテーブルの下を濡れた犬がさっと走り抜けたことがあった。fは、「いまのなに」と言っただけでさほど興味もなさそうにただ夏雲の行方を眺めていて、わたしはそんなときのfの横顔とか、グラスの水滴とかが好きで、そのあとの急な夕立を今でも鮮明に覚えている。

遠くの方で鈴が鳴ることと、太陽が義手のように指し示していること。fは透明な傘を持って、泥濘んだ地面を繰り返しびゅっ、びゅっと突き刺す。その遊びの痕跡がわたしたちをより細く険しい道へと至らせる。こんなにも、拙い呼吸で。自転車に乗った男子高生たちが、手を繋いでいる。胸のなかに手を入れたらとても夭い鋏が、小ぶりなテーブルに置かれていて、まるで何かを落として、割ってしまったときの気分だ。「おはようございます。」そして大声でお礼を言われて、顔を上げたら、f

が対岸の選挙カーに向かって手を振っていた。一面が窓ガラスだった、休日の朝、その鮮度。犬といっしょに畦道を駆けてゆく光景が、胸に、一途に射し込んで。たくさんの凧が上がっている。田園。

わたしは今まで、軽やかな田園というものを見たことがなかった。胸に広がる水紋は、どれもひとしく苦しい。微笑のような日々を、すやすやと送ること。遠くの橋梁を見るときに聴こえるささやかな斉唱の。透けた布切れ。水浴の午後、ふと金田一少年に手紙を書きたくなる。織りなす海の絵を添えて、そう、そこにパンタグラフを描き入れる、峡谷へと向かう、とても素敵な鈍行列車。車窓。犯人が逃げてゆく。あいして、います。気がつけば浴槽が水でいっぱいになっていて、ひとごろしの睫毛が過ぎ去ってゆく田園へと、しずかに向けられる。金魚鉢には金魚が数匹、泳いでいて、そして堆積する夏へ、帽子のように、わたしたち、

田園

sad vacation

終わりのない水遊びのなかで
時折口のない夏の少女たちから
韻のように弱々しく吹く風が
葉叢を揺らすときの
その音が気になって睡れないのだと
苦情を受けることがあった

わたしは夏休みの初日
目を覚ましたとき
その夏の、朝の光が
靴紐を結んでいるように見えたから
これはとてもいい匂いだと
そう思って
朝食を
家族の人数分作った

急性の雨だなんて
予想もしなかった
清らかな球児が、大きく空振りをして

試合は閉じられる
すると大きい川が現れて
球児たちが一斉にその縁に
歯のように並び
川に向かって一礼をした
とても律儀に

わたしたちはみな髪を濡らして
傘を差していた
臍と、オリヅル

休日の寂しさは

自転車の手放し運転、麦茶の匂い
畔をゆく
あっちの水は、たぶんあまい
それでも
わたしたちの球児は
鏡文字のように
川に向かってまた礼をした

尾ひれ

ひとが輪廻するという話を父から聞いたとき、わたしはただ金魚の尾ひれが揺れるのを見ていた。夏祭りの夜店で掬った金魚だ。赤いものと、白いものと、黒が入り混じって。いたずらに左手の人差し指と親指の先を目の前で触れ合わせ、輪をつくる。そこから覗く鉢のなかの景色は写真よりも確かだった。

次々に開かれる、傘の、その音。わたしははっとして泣きそうになった。しずくのように、手から手へと伝達される、私生活の音。どうしようもなく、お寺に飾られた地獄絵に惹かれてしまう。そして野良猫の小さな嘔吐の気配に、わたしは仮名遣いを間違える。

たとえば濡れる樹林を、眸に写生して生きてゆけたら。そう思う朝はしんとしていつも明るい。わたしは畳の匂いを微かに感覚しながら、掛布団を軽く蹴った。開けておいた窓からはあたたかい風が入ってきて、それはわたしの心室にまで吹き抜けた。

季節はもう十分に賢かった。手話が多感であることと、水溜りに映る静けさの見分けがつかないから、この世の全ての水溜りに鍵束を落としてしまった。そして翻るカーテンが示す無関心に姿勢を正して、あたらしい余白を見つけたとき、わたしは呼ばれたことのない声に振り返る。

リヴ

あなたは
北方の先にあるものはまた北だった、
という大人びた顔で
野を拓き
冷たい花束を置く
本当の景色を前にして
目を閉じるのはどうして

羨ましい、羨ましがられる
列に並ぶとき、
誰にも気付かれずに
くしゃみをしたひとがいた
プールの底では
世界中の長女たちが目を瞑って
ただ手を繋いでいる
耳にみず、はいったまま
すると髪が靡いて
風ですか、いいえ、窃盗、です
水面、揺れる、
合鍵

春体操、しますか
（濡れた衣服を脱ぎ捨てながら
深呼吸して、
Syncopation
電話のように
はなればなれの腕を伸ばすと
俄雨のおと、少しらくになる
「でもわたしたちはみな靴を履いていなかった」
硝子戸
きれいなお豆腐

曇天が
果実のように、ゆっくり切開されてゆくと
涼しくなって
わたしたち合図もせずに
、仮眠、しました

ハイ・ウォーターズに住む双子たち

ハイ・ウォーターズに住む双子たちのまわりの酸素は薄く、彼らはなるべく呼吸を浅くして、薄眼で表層を泳ぐように暮らしていた。彼らはハイ・ウォーターズに昔から伝わる迷信を心から信じていたようで、どちらか一方が名前を呼ぶとその呼ばれた方が死ぬからと喋ることをやめた。

彼らは一組の解き難い知恵の輪のように暮らした。遠くで雷が鳴った日、彼らは山の稜線が音に先立って何度も発光するのを見て、それをうつくしいお墓だと思った。そして、鰈という名の魚を図鑑で見たときにとても自然に微笑んだ。その夜、彼らは手話でぎこちなく、でも確かに互いの心を愛撫した。

喋らない代わりに彼らはportraitを描き合った。描き合う彼らの姿はもっとも尊い鏡だったのだが、そこにはこの世の鍵がひとつも掛けられていなかったからか、なんの感情の前触れもなく、わたしはたとえば涼しい風が吹き抜けたときに涙を流していることがある。言葉を棄てた彼らは泉のように自閉していたにも関わらず。

ハイ・ウォーターズでは、太陽がラヴ・ソングのように降り注ぐ日が一日だけある。その日だけは、鉱物が子宮のように暖められ、季節が、時の一点に向かって敬虔に挙手をする。水面近くを飛ぶ鳥たちの、限られた睡眠時間のなかで、彼らは半跏を組み自らの肌を日に焼いた。

わたしたちはいつも隠れて私語を縫っている。たとえば夏至前の、夕餉を準備するとき、透明な蝉が一匹、糸のように鳴く。その鳴き声に背中では気付いていながらも、静かに食卓を調えてゆく。この食卓さえもがいつ透明になってもいいというように。そして空のコップに、氷を入れる。そういう風にしてわたしたちは、いつの間にか半袖の服を着ているのだった。

swimming school

手と、手
眩しく泳ぐひとたち
いっせいに湾曲しながら
透明な夏を
描いて
風邪もひかずに
水差し、傾いたまま

そんな朝は
花束と小学生の笛
それいゆ、それいゆ
商店街で見た
窓のない窓枠と
睡ることのない裸体たち
風が吹いたら
お菓子のようにわらって
静かに倒れてゆくのです

夭さとは

森でしょうか、霊廟でしょうか
一竿の旗が翻り
swimmer たちの投身

わたし水面を
少し待つようにと言いながら
摘まみ上げる
それでも手と、手
降ってきて
セミの鳴き声
ほら横顔に
水紋

梨を四つに、

梨を四つに、切る。今日、海のように背筋がうつくしいひとから廊下で会釈をされて、こころにも曲がり角があることを知った。そのひとの瞳には何か遠くの譜面を読むようなところがあり、小さな死などを気にしない清々しさを感じたために無数にある窓から射し込む陽光が昏睡を誘ったけど、それはわたしの燃え尽きそうな小説だった。

水溜りを越えるとき、わたしは犬よりも臆病だった。ひとつの精神に対して、身体は買い物籠のように見透かされていたかったのだが。今日は茄子が安いよ、と言われて、手に取る。茄子の色と、幼い弟の肌に似た感触によって、太陽のことが、少しだけわかる。豆腐も買おうとしたとき、斜向かいのお店から、夕方の相撲中継が聞こえてきて、それを観るひとびとはみな禅僧のように静止していた。

聡明な友人のなかで、一度だけ汽笛が鳴った。わたしはとっさに胸の高さで櫂を取り、友人の晴れ渡る仕草を真似てみた。目の前に干された、大きく真っ白なシーツの一枚一枚を手ではらいながら、前へ進んでゆく。その度に冷たいひかりが、新鮮に骨折をする。わたしのもう片方の手はただ額にかざして庇をつくり、前夜と同じ雲を、シーツに写生する。

pet cemetery

さみしくて兎が死んだとき、わたしたちは紅茶を飲んでいた。水夫のような顔をして兎は死んだけど、上品なアッサムの香りが団欒に滲んで。どちらかというと蝶の多い庭だったと思う。風景ということばが少しかなしくて、似合う服が見当たらない。そんな朝だった。

椅子の脚。うつくしい男のながい睫毛が震えるのに見入ってしまって。都会で生きるために深呼吸をする。乱反射する、つぎの曜日へと、電車を待つひとびとは出向してゆく。あたらしい果実の匂いにつまずきながら、金持ちのこころで坂道を上る。

夢を見ることのおもはゆさを忘れて、二段ベッドを所有することだってできたはずだ。娘たちの遊びに入ってゆけない。劇中劇のような生活を、送っているのだ。商店街にひびく子どもの声を聴いていて。蔓が伸びる正しさに、たまに水を遣りたくなる。如雨露とか、素敵な道具で。

散髪に行くたびにとめどもなく、とめどもなく兎を思い出す。菜食主義だって同じじゃないか、結局は。テーブル・テニスの音は単調だけど、そこにはひとつの階段のような告白がある。大きな鏡の前にあるものがブラウスだと断言するのは、自分勝手かい。

会話体の無力さに、それが口笛であったなら、と仮定する。コラージュは甘さをほどいて、すぐに歌詞へと変わる。どんな手話であってもすぐに消えていって、家事を終えると、指先がたしかにあることをふしぎに思う。

睡りは折り紙に似ていて、こころはたたまれてゆく。それは終わりがあるようで、ないような。体温だけが、意志に反しているから、ピアノと夜会の空気が窓から入るとき、影絵に合わせて兎が跳ねる。

森林警察署

いらっしゃいませ。
光が、水路のひとびとを
奥の方へと急がせるとき
翠雨色の制帽を被った
警察官が立っていました、
ひとびとの影は
頼りないほどに細くなり

最後には藻のように揺れて
消えていきましたが
わたしは
オルガン公園の
螺旋階段を降りてゆくことに
精いっぱいでした
遠くには
風が吹くたび銀皿のように鳴る純林があり
犬が、夏を咥えて
目の前を駆けてゆきました
わたしが三階の踊り場から
軽薄な口笛を、

野に向かって吹くと
melody はたちまち離散し、
とても多感な夕暮れでしたが
わたしの歌は投身するばかりで
あの警官は相変わらず
三叉路に立って
宛先のないお辞儀をするのです
太陽が眩しく
その坂道を
手放しで駆け下りるけど
あの警官だけは
急な水しぶきに

濡れたとしても
驚きもせず
それでいて
糸のように
立っているのでした

wild flowers

はじめて霜が降りた日、鳥籠から文鳥が消えた。虹郎はその夜も水紋みたいにものを言わず、湖の畔を回る黄色い車の絵を描いていた。なんという車。なんという景。全ての飾り窓から若いクリスマス・ローズが見えるこの家で、わたしたちは松葉杖のように暮らした。

小さい旗たちが揺れている河川敷。寒いから虹郎は重ね着をする。「幼いころから引いてきたはずの等圧線はついに交わらなかったね」　写真を撮るとき虹郎はいつも間の抜けた顔になるからわたし彼に目隠しするしかなくて。風のない風。川は心音よりもゆっくりと流れていった。

血液の声たちがカヌーに乗っている。みんな睡そうで、そして少し斜視だ。胸に小さい錘がすう、と落ちてきたあと掌をくちびるに当てて軽く咳払いをする。スタニスワフ・レム、なんて変な名前。目の奥にある水面に、交差いとこ婚のように花びらが落ちた。

部屋の電気を消したまま、虹郎は熱心に録画していたスプーン曲げの特番を見ている。画面は青白く光りながら、その中でスプーンが曲がる。彼は手と指を動かしながら真似をしていて、その蝶々結びに似た動きにわたしは文鳥が戻ってこなくてもいいいと思った。

妖怪人間ベムがいっとう好きで。彼らがいつもパーティの格好をしていることがかなしいから、虹郎と深夜のサンドイッチを食べる。スパゲティでも、お粥でもいいんだけど。この家の夜尿症を受け止める月、という月。

幼い窓が泣かないように、トランプ手品の手つきで電話帳を繰る。紙飛行機が陶製の皿の上で自ら炎えていて、その暖かさに虹郎は鳥籠を抱いて寝る。夜に毛布を掛けたら、階段のないこの家でわたしたちきっと泉になる。

野うさぎ

子どもの頃、
水の色は水色、と呼んでいた
無性のまま、指先で妊娠線に触れ
その恍惚に足の先までぴん、
と伸ばしたら、
脛が攣って、
身体は共鳴するものだと知った

花が、
心象に鮮やかな色を点じる
擦過する、
肌の
砂粒を感覚する

才能のある風が吹き
便箋を差し出すようにして
この世に
肉体を差し出している

地図

風車が廻っている
喜劇俳優
ニューファンドランド島の
野うさぎたち
不機嫌なコーラス

大洋

スラは食事を終えると夕立の気分に襲われて

スラは食事を終えると夕立の気分に襲われて白い陶製の御手洗に入った。洗面台に立つと、口を濯いで、どばっと、吐くように水をぶちまけた。静物と牡蠣、それと、女の断片を手紙に書こう。そんな風に考えてうずくまっていた。そう言われてみれば、私語はいつだって青かったから。スラは目を閉じ、花の名前に溺れるのを感覚した。

いつだったか、子どもの頃、スラはショッピング・モールであくびひとつ買いたいとめずらしく母に強請ったことがある。母は、母親らしくその理由を尋ねた。いつもならスラは蝸牛のようにジグザグとはぐらかす答え方をするのだが、そのときは容赦がなかった。母はただ車窓になり、生活に、観念の光が満ちた。

スラは絵本の中にある無意識に非常に敏感で、よく夜に熱を出した。たとえば十一月の畑に風が吹く。その荒涼とした一幅は、スラだけの牧歌ではなかったはずだ。遠くの水面が揺れる朝は、固くなるように焼いたベーコンを、目玉焼きに添えるものだ。

スラは油絵のように孤独だったので、うわべだけの炎に惹かれた。一度だけ、夜中、あのプールに行ったことがあった。それはとても美しかったから、翠雨色のコートを着た警察官が来てくれるのだと、自分に言い聞かせた。靴が、自分に合っていないと感じ始めたのはその夢を見た日からであった。

フライ・フィッシングのしなやかさで、スラは歩き出した。じゅわり、とシフォンにフォークを刺すときのように、宇宙的になる。両親のこととか、瞑想的な水差しとか。両の手を、重ねて平熱を感じ取る。ゆっくりと、お湯が沸いてくる。

騙し絵の季節。紅茶を、飲む。冷蔵庫から漏れる無機質なアウラによって、スラはよく睡れるようになった。給水塔のかたちだけを愛している。語るときの微笑と政治的美称の、中間に浮かぶのは茴香《フェンネル》。今夜着ろよ。寒くなるから。

絵の中の美濃吉

たとえば長い回廊があったとして、同じ服を着た二人の女が理容院の鏡のように並んで走り抜ける。売れ残った林檎。瑞々しい陶片を拾うために美濃吉は労働をして過ごした。玻璃質の冷涼な大気の中で、美濃吉の腎臓はとく、とく、と健やかに水を受け入れていた。

盥に映る空が、舟のように揺れていた。美濃吉はむかし、川沿いを走る馬を見たことがある。正確に言えば、その馬の精神だけを見たことがある。馬の肩からは白く光る骨が突き出ていたからか、貝を食べる人々はそれを嫌った。すると驟雨が来て、新鮮な野菜は甘みを増した。

井戸が眩暈をした朝があった。美濃吉は昔から人間よりも事物とこころを通わせていたので、すぐに桔梗を一輪摘んで、その闇に投げ落とした。闇からは美濃吉を呼ぶ声が絶えなかった。美濃吉はほほえんで、遠くの山々に向かって一礼をした。彼は生まれつき音が聴こえなかったのである。

完璧な月が出たある晩、美濃吉は月明かりの中でまたあの馬を見た。馬の背中は喪失的にうつくしい作文だった。沼に立ち尽くす馬は暗く燃え、やがて皮膚の上には雪が結晶する。その景は明らかに厳しい冬の到来を伝えていたので、夜風に靡いた草は妹のように泣いた。

美濃吉が行く地獄とは、たとえば理容院の二重らせんのことだ。それはたくさんの折鶴の首でできた地獄である。そこでは、無人駅の枕木がとろとろと睡りについていて、わたしは過ぎてゆく秋の車窓のひとつひとつに密告をする。口をつく言葉の、その弱々しい悪意に促されて。

途絶えがちな手記のように、美濃吉はよく夢を見た。入水するとき片方の手は爪を持ちながら、もう片方は花瓶に活けられた花の方へと伸ばす。整然と並べられた無数の椅子の脚。陽光。息が、できない。彼が思わず口を開け「あ、」と漏らしたときの未必の故意の、一幅の中に吹き抜ける風の。

野鳥のこと

完全な朝、エコールから聴こえてくるピアノが実は無意味だったと気づいた。水辺の野鳥が何の兆しもなく飛ぶときに描くあの形が、わたしのこころに錘としてずっと残っている。目分量ほどの朝、体操をするひとたちが順に身体を曲げてゆく姿は意外なほど奢侈だった。

わたしとあの鳥がちょうど感光紙だった頃、母がよく言っていた。もしも自分とそっくりな人間を街で見かけても、そのひとには決して話し掛けてはいけない、と。鳥が篩のように揺れた瞬間、わたしの胸の水位も騒ぎはじめて、わたしは鳥に手のない姿で喝采を送った。

とにかくわたしは、街で偶然すれ違ったときに声ではない方法で合図をしたかった。telepathy に似た、透明なやり方で感応したかったのだ。たとえばひとつの肖像として、裸木の前に立つ。晴れているのに雨が降ったとき、裸木もまた濡れるということを思いながら。

四川料理店で女性が、昼に向かって口笛を吹いている。

曲の名を尋ねたら、水禽、と言って笑った。花は漏斗状に閉じていて、卓布が滑り落ちる。卓布へ、女性がゆっくりと腕を伸ばす。そのあまりにも自然な姿に憧れて、この世に鏡がないことを信じてしまった。

ヌリエ、五哀

雨のあとの
両の肺が吸い込む空気の
湿疹とゼラニウム

夕立の女
「あなたの夢は旅客機のようにうつくしい」
ちょうどわたしの頭が

雲でいっぱいだったとき
地の上には
がらがらの素顔たち
窓枠にかけた親指を忘れて
ずいぶんと長い花期を
泳いで過ごした

汗血馬の瞳には虹彩がなかった
それは明らかな瑕疵であるが
観音開きの戸の奥では
草笛が
微かに聴こえ

あなたは靴を失くして
素足を善しとしている

水面を描き
樹林を駆けた風は
睡ることを知らない

冬の sweater

唾液の匂い。虹郎が窓を開けて懐かしい庭にパン屑を撒いたら、数羽の光の雌鶏がいっしんに駆けて来たことがある。そのとき部屋に吹き渡った空気は少しつんとしていて、小さな、だけどたくさんの声のようだった。冬の呼称の一つ一つの中で、わたしは虹郎の耳の形を心から愛していた。

性とは露光するもので、それは素肌にsweaterを合わせたとき僅かに滲む汗のことだった。冬の夜は版画に似ているから、わたしは虹郎と夜道を歩くのが好きだったのだけど、道中の虹郎は目を瞑っていて、何か言いたいことがあるとわたしの掌に指で伝えてきた。世界中の友達と、そういう風に手を、ずっと繋いでいて。

牡蠣のこと。洗面台で洗髪をしているとき、一人称のさみしさを思った。スロープを行くときの速度で髪も袖も濡れ、心的な納屋が焼けている。なんという景。炎える藁の、礼をするように折れてゆく姿が、とてもさみしかったのだ。顔を上げたら、鏡台に向かう自分と、目が、合った。

擦り剝いて怪我をする度に、絆創膏を貼る。そうすることで、わたしと虹郎の冬の邂逅を一枚ずつ重ねていって。靴紐のない生活。冷たく吹き流される髪の内側にある両耳を覆う、両手で。ひかる雪が、思ったよりも柔らかい。頰は鈴のように冷たいまま、ふたり面白半分で白い息を吐き出していて。

雪

skin

風邪をひいても、
背中を撫でてやれば大丈夫なはずだ
それでもあなたの両目は
笊として雪を透視していて
生まれてから一度も
食事をしたことがない

知恵の輪をほどいて
雪は一斤ずつ降り積もってゆく
描いた絵が
少しずつわたしに似てゆくことに
ずっと前から気づいていた

あなたの両の目は
物の奥を見ながら
ときには
卓の上を正視する
「この百合根は

性器を持たぬ百姓に植えられたのだ」

川べりの真昼に見とれて
忘れ物をしてしまった
両の手を濯ぐときのつめたさよ
冬の光を浴びた

鍵
小鳥たちの後頭
布きれが乾きやすくて
あなたは雪を隠すのだ

交差点で

傘を差したまま
雪を見上げる人々がいる
わたしには彼らが
息を止めているようにも見える
息を吹きかければ
硝子窓が曇る
生きることは衣服のように白い

songs of experience

きみが完璧なあらしの絵を描いてみせたとき、驚いて水銀体温計を割ってしまった子がいた。その子はぽろぽろと顔をこぼしはじめて、帽子を目深に被った。カーテンと林檎。潮の匂いのする、朝だった。

大人しい馬の瞳に映った光景が、揺れている。きみは耳をふさいで、呼吸の音を、律動を、櫂のように整えてゆく。馬は振り返り、山の端に稲光を認めるとたちまち陶器へと姿を変えた。幾千の布、揺れている。

デパートでレイン・コートがいっせいに売れてゆく日がある。厚い雲に太陽がたとえ覆われてしまっても、わたしたちは新鮮なsaladを食べて、写真を撮られるときは無防備に笑ったりして、壜のように、転がって

無垢のうた、経験のうた
千里眼で見つけておくれ、

針葉樹林を抜けた風がわたしを透過する。あの子は窓で

はないのだけど、喜捨をする面差しで遠くを見つめたから、わたしはそれをゆっくりと褒めた。鬣の手触りのなかにわたしたちの冬がある。

風邪 city

昨日盗まれた、
新雪
始発のバスが
紙を破る音のする方へ
カーヴしてゆく街の
その音を聴き
金属に触れ

口唇を濯いで
休符という休符に
身体を
重ね

*

、水路のひとびとは
みな頭を傾ぎ
結び目のない
風が吹き抜ける
樹林の向こう
軽薄に

母が手を振っている
（さようなら、
新体操の中にある
金環食
わたしは
オーヴァー・サイズの
衣服に
袖を通して
咳をする

＊

粥

薄青い器に
匙をあて
いつからか
さわぎ始めた
花期を
感覚しながら
咽頭を過ぎてゆく
コップ一杯の
みずの冷たさに
わたしはわたしを
屈折させて

浚渫

電燈を消したときに現れる一瞬のうす暗がりが、好き。

睡る前にはいつも小説を読むことにしているのだけど、その登場人物たちはみな互いに似た者になりたいというつくしい欲望を持っていることをわたしは知っていて、暗がりの中の彼らは自らの心とは全く関係のない無窮の仕草を続けていた。

あなたの水面を一艘の浚渫船がゆく頃、わたしは欠伸をしながら、波間に走る馬の形がぶわっと浮かんでは消える光景にひとつの愛称をつけた。そのことをあなたに話したら、あなたはまるで真実を見つけた最初のひとのようにわらった。逆光のせいで、わたしたちの輪郭はひどく暈けていたことを憶えている。

ひかりと怒りが、楡のように若かったこと。足元の石を拾って水切りをすると、stupid と言われた気がして、わたしはわざと目を閉じようとするけれど、この昼下がりから離れることなく生きてゆきたいなとか、釣竿から垂らされた繊い釣糸が空気の重さに撓みながら遠くの山々に向かって放られる曲線に声を乗せたいなとか、ただそう思う日々だった。

汚れた脚はそのままに、わたしたちは着水をしたのではなかったか。途上の太陽に衣服は照らされて、その姿があまりにも無防備だったから、あなたの瞳の奥にあるはずのあの綺麗な籠のこともとうに忘れ、冬を歌のように過ごしたわたしたちは、花が咲く頃には体重を少しだけ増した。

クォーター・サイレン・ハウスで三日間を過ごした

たとえこの世に愛される窓と愛されぬ窓があり、愛されぬそれから注がれた陽光が手のひらの篩から振り落とされることがあったとしても、クォーター・サイレン・ハウスで過ごしたあの素晴らしい三日間を忘れることはないだろう。ありふれた午後、きみは逆立ちをしていた。一枚のあまりにも大きな窓の向こうに見える、さかしまな橋梁、給水塔、そして、青鷺。

あの三日間、わたしたちは同じものを見ていた。その視線と視線はいつか重なって、ひとつの川になる。「なぜ晴れているのに雨が降るの、」と言われ、わたしは黙ってしまった。不機嫌になったとかそういうことではなく、率直に、感動したのだ。犬が喋る夢を見た朝、わたしはさみしくて泣き、気づいたら射精していた。そういえば、あの朝も同じような雨が降ったのだった。天気雨が。ヴィデオのように短い時間だったけれど。

それぞれが、それぞれの感性において、傘を開いてゆく。滴り落ちる雨粒について、「あたかも逃げるようだわ」ときみは言った。それは真である。いつかわたししたちが死んだ犬の姿態を抱いたとき、犬の滑らかな肉体は、蓮葉の上の水滴のようにわたしたちの腕の情緒的な力にたゆたい、やがて腐り、腕の隙間からどぼどぼと逃避するだろう。わたしは必死になって、犬の行方を追う。しかし、死体は崩れながら水路をゆき、暗い道管に入り、川へ、そして広い海へと流れ出る。それはなんと正しい野生の在り方なのだろう。

風が、吹いた。翻る布がわずかに熱量を帯びていたことは確かだった。それでもきみは逆立ちをしていたね。あまりにも遠い横顔で。「さようなら、切手を貼り忘れた封筒のように、わたしたちも死ぬのかしら。」そう言われると、わたしはただの流木でしかなくて、自転車を、漕ぐ。きみはハンドルから手を放していた。むかし見た、塗り絵の、空白。

それにしても驚くのは、あの青鷺が、わたしたちが生まれてからずっと同じ姿で佇っているということだ。知恵の輪が解けなかったら、「おはよう、」ではなくて、季節外れの「おやすみなさい」を言ってほしい。クォーター・サイレン・ハウスの、すべての硝子に。この世の果てにはたぶん一冊の電話帳があって、わたしたちの指はその頁を一枚ずつ捲る。そして、開かれた大きな窓からぶわっと吹き込む風に髪は梳られて rain

目次

針《しん》葉《よう》樹《じゅ》林《りん》

著者
石松《いしまつ》 佳《けい》

発行者
小田久郎

発行所
株式会社 思潮社
〒一六二－〇八四二 東京都新宿区市谷砂土原町三－十五
電話〇三（五八〇五）七五〇一（営業）
〇三（三二六七）八一四一（編集）

印刷・製本所
創栄図書印刷株式会社

発行日
二〇二〇年十一月三十日第一刷　二〇二〇年十二月三十日第二刷